Lena Raubaum | Clara Frühwirth

Worauf wartest du noch?

Gefördert von der Kulturabteilung
der Stadt Wien, Literatur

Stadt Wien | Kultur

Buchstaben-Sucherei

Wie es sich für jedes gute ABC-Buch gehört, ist in jedem Bild der jeweilige Buchstabe zu finden. Manche siehst du bestimmt sofort. Manche haben sich gut versteckt – vielleicht musst du ein bisschen warten, bist du sie findest! Kannst du sie alle entdecken?

Auflösung und weitere Ideen zur Buchvermittlung unter:
www.tyrolia-verlag.at/warten

Layout: Nele Steinborn, Wien
Schrift: Din Neue Roman
Druck und Bindung: Florjančič, Maribor
ISBN 978-3-7022-4075-2

E-Mail: buchverlag@tyrolia.at
Internet: www.tyrolia-verlag.at
Social Media: Tyrolia Verlag Kinderbuch

FSC www.fsc.org MIX Papier aus verantwortungsvollen Quellen FSC® C106954

Lena Raubaum | Clara Frühwirth

Worauf wartest du noch?

Ein Buch nach dem ABC, auf das wir alle gewartet haben

Tyrolia-Verlag • Innsbruck–Wien

... bis etwas Aufregendes
anfängt.

… bis jemand ein Buch vorliest.

... bis sich Chaos von selbst aufräumt.

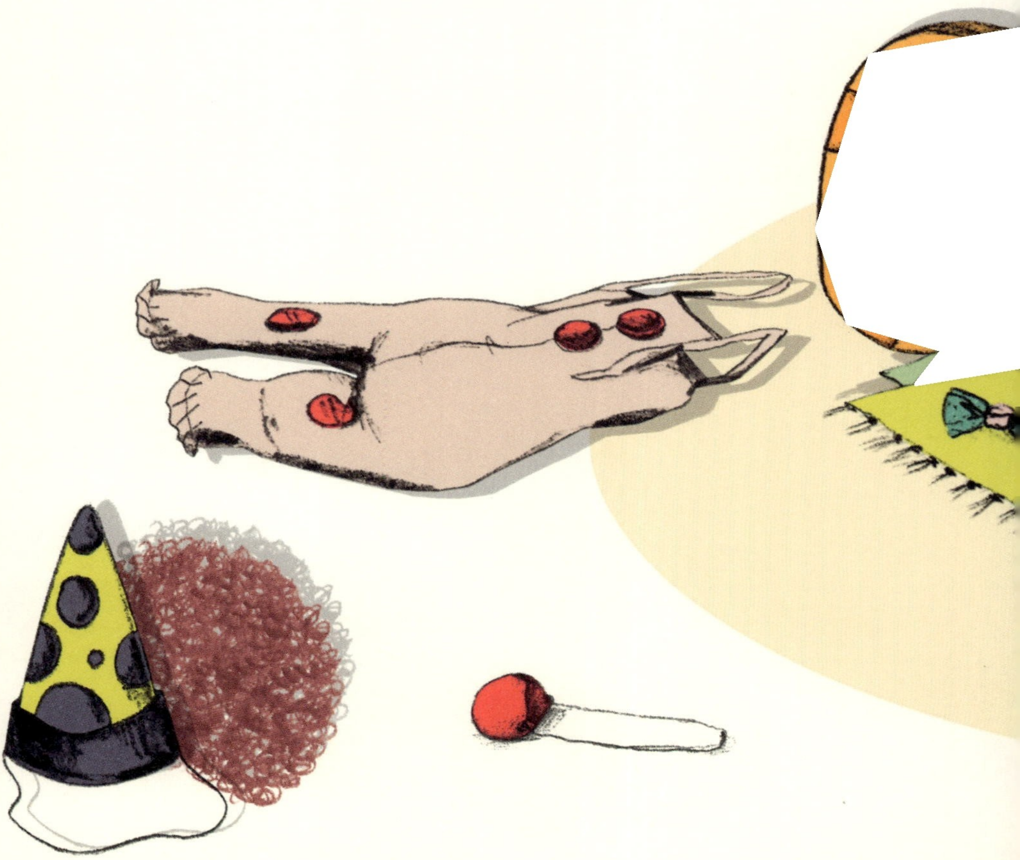

DANKE

... bis du drankommst.

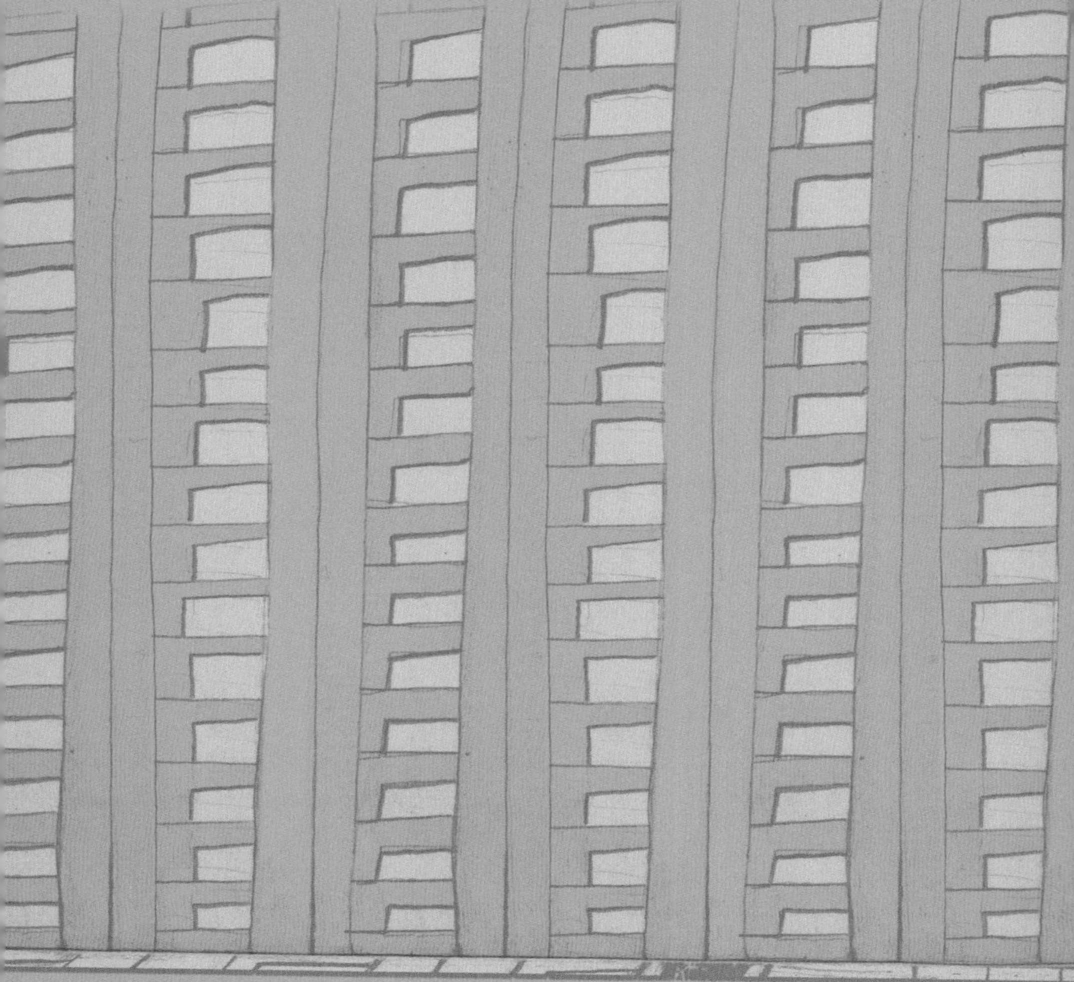

… bis du entdeckt wirst.

… bis Frischgekochtes
fingerwarm ist.

… bis du dein
Gleichgewicht
findest.

… bis der Himmel einen Stern
fallen lässt.

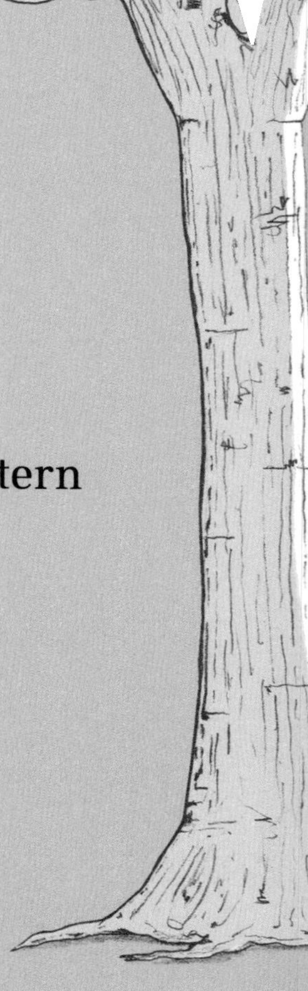

… bis irgendeine Idee kommt.

... bis endlich Jetzt ist.

… bis du einen Kuss bekommst.

K

… bis du mit einer Lücke lächelst.

… bis es mucksmäuschenstill ist.

MUX

... bis Nacktschnecken neue Kleider tragen.

NEU
N

… bis jemand ganz Ohr ist.

… bis ein pfiffiges Popolüftchen verduftet.

… bis jemand mit dir Quatsch macht.

Q
U

R

… bis die Zeit reif ist.

… bis Salzwasser süß schmeckt.

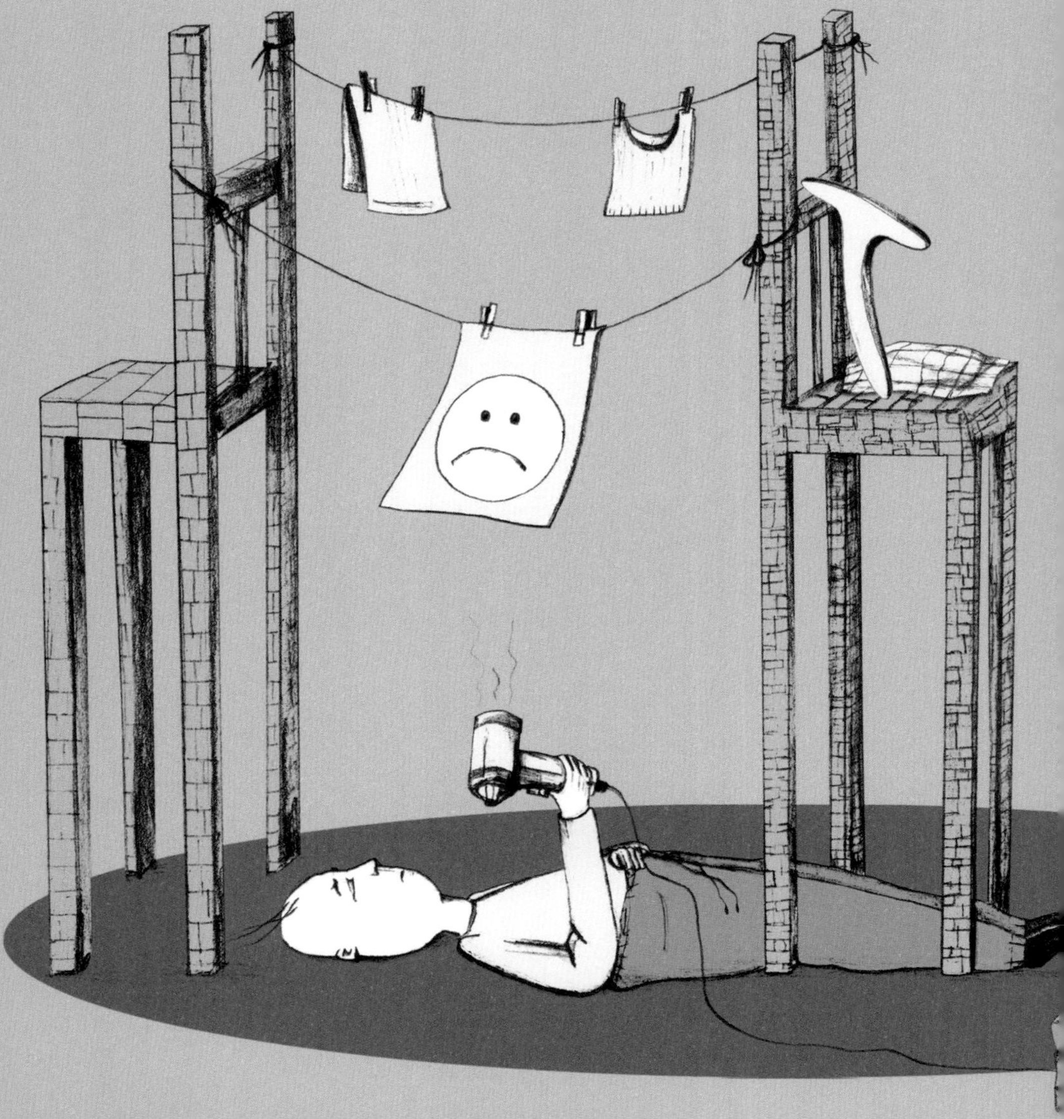

... bis Tränen trocken sind.

KOMPLIMENT

… bis etwas Unglaubliches passiert.

… bis die verflixte Verkehrslampe grün leuchtet.

… bis eine wichtige Wunde heilt.

… bis dir zu X und Y etwas einfällt.

Yy
X

Z

… bis dir ein Ziel zuwinkt.

Lena Raubaum

wurde 1984 in Wien als Lena Wiesbauer geboren und liebt das, was Sprache kann – als Autorin, Sprecherin, Schauspielerin und Leiterin von Schreibworkshops. Sie schreibt Gereimtes und Ungereimtes für Kleine, Große und alle dazwischen und lebt mit ihrem Mann und ihrer Tochter in Wien. 2016 erhielt sie den DIXI Kinderliteraturpreis in der Kategorie „Kinderlyrik“. Für ihre Bücher wurde sie u. a. mit dem österreichischen Kinder- und Jugendbuchpreis ausgezeichnet.
www.lenaraubaum.com

Am liebsten wartet sie darauf, eine Kuchenteigschüssel ausschlecken zu dürfen, sowie darauf, ein fertiges Buch in Händen zu halten.

Von beiden Künstlerinnen

sind im Tyrolia-Verlag bereits die beiden Bilderbücher „Die Knotenlöserin“ (2018) sowie „Es gibt eine Zeit ...“ (2020) erschienen. Lena Raubaum hat zusätzlich den Gedichtband „Mit Worten will ich dich umarmen“ (2021; Illustrationen von Katja Seifert) veröffentlicht.

Clara Frühwirth

geb. 1989 in Graz, wo sie als selbständige Illustratorin lebt und arbeitet. Ihre Ausbildungshintergründe im Bereich Kunst und Design mit Schwerpunkt Illustration (Ö/CH) sowie Sozialpädagogik prägen ihre heutige Arbeitsweise. Clara liebt Alltagsmomente, anhand derer sie visuelle Reflexionen anstellt und neu erzählt. Ihre zeichnerische Tätigkeit begann im Kinderzimmer, mit dem sie sich heute noch auseinandersetzt, nur eben in Erwachsenenschuhen. 2016 erhielt sie den DIXI Kinderliteraturpreis in der Kategorie „Illustration".
Mehrere Ausstellungen und Veröffentlichungen.
www.clarafruehwirth.at

Am liebsten wartet sie darauf, dass ihr der Zufall eine unerwartete Idee schenkt und dass sich das Warten gelohnt hat.

Die Bilder in diesem Buch

hat sie in einer Mischtechnik aus analoger Bleistiftzeichnung und digitaler Koloration gestaltet.